Niveau 1

Texte de Claudie Stanké
Illustrations de Céline Malépart

Mina

la courte échelle

Les éditions de la courte échelle inc.
5243, boul. Saint-Laurent
Montréal (Québec) H2T 1S4
www.courteechelle.com

Directrice de collection : Anne-Sophie Tilly

Consultantes en pédagogie : Marélyne Poulin et Marie-Pascale Lévesque

Révision : Sophie Sainte-Marie

Conception graphique : Kuizin Studio

Infographie : Sara Dagenais

Dépôt légal, 2e trimestre 2009
Bibliothèque nationale du Québec

La courte échelle reconnaît l'aide financière du gouvernement du Canada par l'entremise du Programme d'aide au développement de l'industrie de l'édition pour ses activités d'édition. La courte échelle est aussi inscrite au programme de subvention globale du Conseil des Arts du Canada et reçoit l'appui du gouvernement du Québec par l'intermédiaire de la SODEC.

La courte échelle bénéficie également du Programme de crédit d'impôt pour l'édition de livres — Gestion SODEC — du gouvernement du Québec.

Catalogage avant publication de Bibliothèque et Archives nationales du Québec et Bibliothèque et Archives Canada

Stanké, Claudie

    Mina

    (Premières lectures ; 7)
    Pour enfants de 6 ans et plus.

    ISBN 978-2-89651-179-2

    I. Malépart, Céline. II. Titre.

PS8587.T322M56 2009   jC843'.54   C2008-942191-4
PS9587.T322M56 2009

Imprimé en Chine

À Sedd,
qui connaît la recette
des biscuits-cœurs.

À la découverte des personnages

Mina

Mina est une petite fille malicieuse. Elle est gourmande, coquette, mais surtout distraite. Elle aime aussi jouer des tours... Sa plus grande qualité, c'est d'avoir un grand cœur. Mina est la meilleure amie de Touti.

Touti

Touti est un petit hamster bien sympathique. Il est coquin, taquin, mais surtout curieux. Il aime bien dormir aussi... Sa plus grande qualité, c'est d'être serviable. Touti est le meilleur ami de Mina.

À la découverte de l'histoire

Chapitre 1
Une princesse

Mina est une princesse.

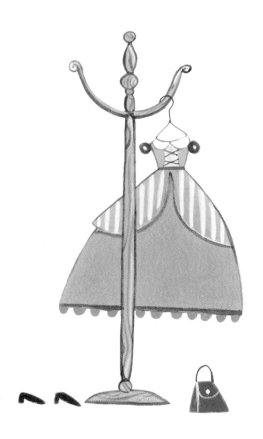

Pourtant, elle n'a pas de collier
ni de bracelet. Elle ne porte pas
de grandes robes de soie
brodées de dentelle.

Mina est une princesse, car elle
a du cœur.

Aujourd'hui, Mina s'est réveillée
tôt, très tôt. Le soleil pointe tout
juste le bout de son nez. Touti, le
hamster de Mina, s'étire.

Mina s'est levée de bon matin
pour cuisiner des biscuits-
cœurs. Elle veut distribuer ces
biscuits de maison en maison
avec son ami Touti.

Chapitre 2
Les biscuits

Dans la cuisine, Mina et Touti préparent les biscuits et discutent :

— J'aimerais que les gens soient plus gentils, Touti.

— Je suis d'accord avec toi, Mina ! Je voudrais que tout le monde sourie, le jour comme la nuit.

Touti est un petit hamster, mais il a lui aussi une tête pour penser.

Il a remarqué que certaines
personnes se moquent des
autres parce qu'ils sont trop
gros, trop petits ou trop grands,
trop noirs ou trop blancs.

Mina a donc inventé une recette de biscuits magiques. Les gens qui les mangent se font des compliments au lieu de se critiquer. Ils rient au lieu de pleurer.

Mina sort les biscuits du four.
Elle fait un gros câlin à Touti.

— Touti, tu es un... un super
hamster !

Touti lui répond aussitôt :

— Toi, tu es la princesse au grand cœur la plus gentille, la plus géniale du monde !

Ces deux-là ont sûrement déjà
mangé de la pâte à biscuits !

Chapitre 3
Une journée spéciale

Lorsque les biscuits sont cuits,
Mina et Touti commencent leur
tournée.

Au réveil, chaque personne
trouve des biscuits en forme de
cœur devant sa porte.

D'un seul coup, des éclats de rire
et plein de « je t'aime »
résonnent dans toute la ville.

Oui, Mina et son ami Touti ont
distribué trop de biscuits-cœurs
devant chaque maison.

Toute la journée, les gens se sont dit des mots doux. Ils n'ont pas arrêté de se donner plein de bisous !

Depuis, grâce à Mina et à son
ami Touti, on appelle cette
journée « la journée des bisous » !

Glossaire

Compliment : Mots ou paroles qu'on emploie pour féliciter quelqu'un.

Critiquer : Dans l'histoire, critiquer signifie dire des commentaires négatifs.

Pointer : Dans l'histoire, pointer signifie commencer à apparaître.

À la découverte des jeux

À la recherche d'un animal de compagnie

Mina adore son hamster. Toi, quel est ton animal préféré ? Que voudrais-tu apprendre de cet animal ?

Fais un vœu

Touti et Mina souhaitent voir les gens se dire des mots doux. Toi, quel est ton souhait le plus cher?

Découvre d'autres activités au www.courteechelle.com

Table des matières